Colette Nys-Mazure

L'enfant neuf

Bayard

ISBN : 2.227.47144.1

3 et 5, rue Bayard, F-75008 Paris

À Bruno, Sylvie, François,
Florence et Claire,
qui n'ont pas connu leurs grands-parents.
Que cette évocation leur rende
un peu de leur présence.

« L'enfant est le père de l'homme. »

William Wordsworth

« Cette nuit je me suis dit : c'est créer qui est vraiment difficile, c'est-à-dire atteindre cette couche anonyme d'où émanent des inspirations liées aux circonstances personnelles mais plus vastes que la personne. Cette couche profonde où est déposée non pas notre expérience d'individu, mais l'expérience de la vie, avec le monde et avec nous. »

Henri Bauchau,
Journal d'Antigone (1989-1997), Actes Sud

Invitée à donner une conférence dans ma ville de naissance, j'ai eu la surprise d'y être accueillie par plusieurs personnes qui avaient connu mes parents et m'apportaient des témoignages – photo, lettre, récit – de cette relation ancienne. Ainsi donc, ce jeune couple, disparu en l'espace de quelques semaines, laissant trois petits de moins de sept ans, avait gravé dans les esprits et les sensibilités des traces durables ! J'ai été submergée par la marée des souvenirs, des sensations initiales ; j'ai inventorié, investigué, creusé la mémoire.

Les événements que je restitue, ce texte lentement – parfois durement – élaboré court le risque d'une forme qui déforme, non comme un mensonge plus ou moins complice, mais en vertu de la transmutation propre à l'art. Lorsqu'ils sont écrits, les mots lissent, polissent, policent ce qui était brut, insupportable, inhumain. L'écriture tente de rendre lisible ce qui était indéchiffrable.

N'est-ce pas le « mentir vrai » ? Toute autobiographie deviendrait fiction. On écrirait pour maîtriser le chaos, retrouver visage humain alors que le malheur sans visage a défiguré le jour ? Pour féconder la terre brûlée à coup sûr. Tenter, par-delà les zones désertiques, de toucher la Terre promise, de faire sienne la conviction de Maître Eckhart, le mystique flamand : « C'est chaque jour le jour de la plus grande fête, le jour de la fête de l'existence de Dieu. »

L'épreuve

Enfoui au cœur de l'enfance, le mystère des adultes ; pressenti, parfois surpris, entre deux mots, deux portes. Soi, petite personne aux aguets, questionnant les échos d'un monde étranger, telle une île à laquelle il faudra aborder tôt ou tard. On voudrait comprendre, apprendre peut-être. Juste de quoi ne pas chavirer, échouer ; ne pas mourir au port comme ceux qui se suicident ou deviennent fous. On entend : « Il/elle n'a pas supporté l'épreuve. » Alors on se demande en tremblant dans le noir : « Moi, pourrais-je la porter ? »

L'accident

Le matin ouvre les volets. Effluves de lait chaud dans l'escalier avec les bruits de tasses et de couverts entrechoqués. La voix de Maman : « Tu es prête ? » L'impératif : « À table ! » Descendre en finissant de fermer les boutons du lainage. Attendre le petit frère qui s'accroche encore à la rampe.

La cuisine est claire. Contre la fenêtre où s'appuient les larges feuilles de la vigne vierge déjà rouge, la table est dressée. La petite sœur est juchée sur sa chaise et Papa installe son fils à côté de la place encore vide de Maman. Papa et moi, nous nous faisons face. L'odeur de ferme imprègne sa veste de travail posée sur le dossier. Il est rasé de frais, il a le poil brillant et le regard chaudement posé sur moi. Maman se glisse entre nous : elle est en peignoir soyeux, elle s'habillera après notre départ, mais elle a passé un peigne dans sa chevelure auburn – *auburn*, un mot que j'aime ; un mot à caresser ce soir en m'endormant ; elle se penche vers le petit frère amoureux d'elle.

Matin d'octobre pareil à tant d'autres matins. Qui devinerait que c'est le dernier ? Que chaque geste, chaque regard deviendra unique dans la mémoire avide de fixer ce moment-là, ce temps d'avant ? Les paroles ordinaires circulent innocemment :

– Finis ta tasse. Regarde ! Il reste un peu de chocolat dans le fond.

Un coup de sonnette déclenche le branle-bas :

– Dépêchez-vous, Rolande est là. Vos vestes, vos écharpes, vos cartables.

Ils sont rangés dans le couloir. On ouvre la porte ; la voisine sur le seuil :

– Je suis un peu en avance.

Rolande aide à enfiler le manteau du gamin, dont elle portera le cartable dès le coin de la rue. Quand Maman, la petite sœur dans les bras, ferme la porte derrière nous, Papa fait démarrer la voiture dans la cour. Il débouchera à temps pour nous offrir un sourire à lui, un signe de la main. Il est vétérinaire. Un métier « de père en fils » dont je suis fière. Mon papa.

Dernier matin et personne ne le sait. Personne ne hurle : « Arrêtez ! Vous n'entendez pas la menace ? Le pas du malheur sonne sur le trottoir. Tenons-nous, soudons-nous les uns aux autres au lieu de nous égailler vers l'école et les fermes. N'abandonnons pas Maman au ventre de la maison. »

Mais non ! Chacun prend son chemin en toute raison. Les trajectoires se dispersent. Après sa toilette, Maman emmènera la petite sœur pour les courses du repas, à moins qu'elle n'aille chez le coiffeur en la confiant à Maria, la servante, ou chez le médecin : elle dit souvent qu'elle a mal à la tête.

Mal à la tête, c'est pour cela que Maman n'a pas pu communier le jour de ma première communion : la nuit, elle avait pris un comprimé antidouleur, or il faut être à jeun pour recevoir le corps du Seigneur. Étrange. Douloureux. On s'incline sans comprendre. Est-ce que Maman aurait commis un péché mortel ? Dieu fait-il des comptes ?

On ne connaît pas les occupations des grands lorsqu'on les laisse seuls, livrés à eux-mêmes. Que font-ils ? On cherche à deviner. Papa va commencer ses visites selon un itinéraire établi la veille ; quand je peux l'accompagner en voiture ou en moto, je vois qu'il consulte son carnet, inscrit une croix lorsqu'il a quitté le client. Y aura-t-il beaucoup de croix ce matin ? À midi je poserai la question. Peut-être aura-t-il été dans une ferme que j'ai déjà visitée avec lui ; le nom fera surgir une cour pavée, un portail, une odeur de fromage blanc frais placé dans une assiette devant moi tandis que Papa fait une *césarienne*. Encore un mot magique.

Le chemin de l'école emprunte une rue, traverse une place, un pont, avant de tourner à gauche. Ce n'est pas long, mais en hiver, lorsque les doigts gèlent dans les gants, on voudrait arriver le plus vite possible pour les réchauffer. À partir de la place, on rejoint d'autres enfants qui convergent vers la grille à franchir, la cour de récréation dans laquelle on se rassemble au son de la cloche. Quel était l'ordre des leçons ce matin du 17 octobre ?

À 11 h 45, Rolande patiente dans la cour et donne une main à chacun, puisque les cartables restent en classe. Le pont, la place, la rue, la maison. Nous voici au bord du trottoir, attendant de traverser. Mais c'est Maria, la servante, qui vient à nous, consternée, brutale :

– Monsieur est mort.

– Mort ?

– Un accident entre le tram et son auto, au milieu de la matinée. On l'a ramené dans sa chambre. Il est beau.

« Au milieu de la matinée », c'était la récréation. Comment n'a-t-on pas entendu le fracas ? On apprendra que, chez le coiffeur, Maman a ressenti une douleur soudaine à la tête à l'instant même où la montre de Papa s'est arrêtée sous le choc de la collision.

Rolande s'en va, tassée, et nous suivons Maria. Les pièces du bas regorgent de personnes connues et inconnues. Debout près du téléphone, une jeune tante raconte interminablement le même accident.

– Où est Maman ?

– Laisse ta maman tranquille, elle a tellement de chagrin, occupe-toi de ton petit frère et de ta petite sœur.

– Je veux voir Maman.

On cède, on nous laisse entrer dans le salon. Effondrée dans le fauteuil proche de la cheminée, Maman pleure, encerclée d'un oncle, d'un couple d'amis proches. Elle nous attire en sanglotant. J'ai peur. On nous arrache à elle, on nous entraîne dans l'escalier pour aller « le » voir.

Là-haut la chambre est sombre : les tentures ont été tirées, des cierges brûlent au pied du lit, sur lequel est allongé un homme vêtu de son « beau costume » de cérémonie. Il a l'air de dormir et ses mains jointes, très blanches, tiennent un chapelet. L'incrédulité : c'est Papa, lui ? De l'homme vif, odorant et chaud, il ne reste que cette momie. Difficile de l'admettre.

– Pourquoi il a mis…

– Chut ! *Je vous salue Marie*…

Une forme agenouillée chuchote :

– Tu peux lui embrasser les mains.

Pourquoi là ? On n'a jamais embrassé les mains de Papa, mais ses joues, son front, sa bouche même pour imiter Maman. On est soulevée pour poser sur la peau un baiser qui ne ressemble à rien et ne reçoit aucune réponse. C'est froid et sans odeur. C'est Papa et ce n'est pas mon papa. La terre s'ouvre. Un vent noir s'engouffre dans la pièce. On se mord la lèvre, goût de sang dans la bouche.

Désormais tout sera ainsi : pareil et différent. Étrange, inquiétant. Il faut mobiliser ses forces pour tenir, résister à l'inconnu, ne pas se laisser emporter. Déjà on est poussé vers la sortie :

– Joue avec ton petit frère avant de manger. Vous ne retournerez pas à l'école cet après-midi.

– Et nos cartables ?

– Rolande les rapportera.

Cela doit être grave si on manque l'école.

On a joué longtemps, régulièrement troublés par l'intrusion d'un adulte venant nous serrer dans ses bras ; ses larmes mouillent nos cheveux. On a avalé un repas dans un coin de la cuisine, qui n'était plus celle du matin ; on a tout changé pendant que nous étions à l'école. On a dû quitter le rez-de-chaussée, de plus en plus envahi de visiteurs masquant jusqu'à la silhouette de Maman recroquevillée sur sa douleur.

– Je veux embrasser Maman.

– Tout à l'heure, elle a tant de chagrin.

On monte sagement l'escalier tandis que Maria annonce :

– Je reprendrai la petite ce soir.

Maria, qui n'a pas eu d'enfant, est toujours prête à l'emmener.

– Oui, Maria, ce soir, c'est sans doute mieux ainsi. Élisabeth n'aura pas la force de s'en occuper, approuve une tante.

Élisabeth, c'est le nom solennel de Maman ; Papa dit, disait : « Bethou ». « Bethou est là ? » les premiers mots de ses retours de visites. Et moi, pelotonnée dans l'escalier, espérant : « Colette est là ? » Toujours la seconde ; rivale, mais pas trop, car je connais ma place dans son cœur et je succombe au charme de Maman, comme lui.

Dans la chambre le temps s'étiole ; on a épuisé les jeux, on a commencé à regarder les images d'un album. Le petit frère s'est endormi, on a mal au ventre, mal au cœur. « Ton papa est mort. » Est-ce qu'il ne va jamais se réveiller ? Jamais ? Comment vit-on sans son papa ?

Un brouhaha dans la maison, le nom de la petite sœur est prononcé à plusieurs reprises, on la cherche partout jusqu'au « elle est ici ! ». La voix vient de la chambre de Papa-Maman, on se précipite : elle s'est endormie contre Papa, comme elle le faisait lors des siestes. On enlève délicatement le corps ramassé qui réagit à peine, on lisse les draps autour du corps impassible, on retient les sanglots, on va la poser dans son lit, on ferme la porte, on s'aperçoit que nous sommes là :

– Allez jouer, ce n'est rien.

Rien ?

La chambre de Papa-Maman, un lieu attirant, interdit ; on y entre rarement : pour les embrasser au lit ou, exceptionnellement, dormir entre eux deux lorsque la maison est remplie de visiteurs réquisitionnant tous les lits ; on sent que c'est leur territoire chargé de leur parfum, de leur chaleur, de leurs rires ; lieu troublant, à respecter. Et maintenant Papa seul, homme noir gisant.

Au fil de la journée se multiplient les coups de sonnette et de téléphone. Ce n'est plus notre maison, c'est un lieu public, un carrefour. On est assailli par les voix – certaines sont reconnaissables –, les bruits de larmes ;

on identifie la montée de l'escalier et la station près du lit, les sanglots, les murmures, les questions : « Et les enfants ? » « Les voici orphelins », « Que va devenir Bethou ? »

On parle de nous comme si nous n'étions pas là. Envie de crier : « Je vous ai entendus », mais on ne bouge pas. Trop peur. Qu'allons-nous devenir ? Resterons-nous ici avec Maman ? Qui va « gagner notre vie » à la place de Papa (« Papa, reste jouer avec nous ! – Je ne peux pas : je dois gagner notre vie ») ? Maman n'a pas de métier. Qu'est-ce qu'on fait alors ? À nouveau le vent noir s'engouffre dans la maison, il hurle aux oreilles, mais on ne peut pas crier avec lui. On serre les lèvres très fort. On redoute le refrain : « Laisse ta maman tranquille, elle a tellement de chagrin, occupe-toi de ton petit frère et de ta petite sœur. »

Autour du vide se hérissent les terreurs. Et si on nous mettait dans un orphelinat ? Une maison de correction, celle dont Maman nous menace les jours d'exaspération, quand nous sommes « insupportables », se plaint-elle. Les journées d'octobre sont plus brèves : déjà le sombre à la fenêtre de la chambre. Va-t-on nous oublier ici ? Les grandes personnes ont tant à faire. Il n'y a plus que des questions qui bouleversent le jour commencé si paisiblement.

La première nuit sans Papa. La jeune sœur de Maman dort près d'elle dans la chambre du petit frère, tandis que je partage la mienne avec lui. La petite sœur est repartie avec Maria. Au milieu de la nuit, en allant faire pipi, j'entrevois Papa tout seul sur le lit, si blanc que je n'ose pas entrer. Il est là, je pourrais aller vers lui ; mais non, il n'est plus là, ce n'est que sa *dépouille* (un mot glané dans la bouche des grands). J'entends des voix, des reniflements, j'aperçois la lumière qui ne s'éteint pas sous la porte de Maman et sa sœur. Tout est différent dans cette maison, ce n'est plus notre maison. Je me cogne la tête contre l'étrange, l'étranger.

Le lendemain et le surlendemain se confondent dans la même atmosphère ouatée, trouée de sanglots, de cris, de phrases menaçantes. On ne mange plus avec Maman, on l'aperçoit entre les corps des adultes, défigurée. Une autre maman. Qu'a-t-on fait de la nôtre qui riait, tournoyait dans sa robe bleue en tussor ? On touche la tapisserie de la chambre pour se rassurer : elle n'a pas changé.

Puis on essaie des vêtements gris, des bottines blanches. Le bout de mes orteils bute contre le cuir :

– Elles sont trop petites, elles serrent, elles me font mal. Je ne veux pas les mettre.

– Elles vont encore. Rien que pour aujourd'hui. Allons ! sois gentille, fais un effort pour ta maman, elle a tant de chagrin.

On s'obstine par principe, mais on sait qu'on n'aura pas gain de cause. On n'a plus le droit de se plaindre ou de quémander. On a traversé une frontière. Il ne sert à rien de se retourner.

Les funérailles

C'est le matin de l'enterrement. Le cercueil en bois luisant dans lequel on a enfermé Papa est chargé sur le corbillard noir qui s'ébranle, emprunte la rue menant à l'église proche. Nous les enfants, en manteau gris et bottines étroites, nous suivons.

– Et Maman ? Où est Maman ?

– Elle est à la maison : ce serait trop pénible pour elle.

– Toute seule ?

– Non, une de ses sœurs reste près d'elle.

Les grands-parents, les oncles et tantes surgis de partout emboîtent le pas. Pavés ronds sous les bottines. Le long du trottoir s'étire un cordon : les enfants de la classe, les voisins, des curieux. Les visages sont sérieux, ravagés ; seuls les enfants nous sourient à demi. On se redresse. À cet instant, la présence des compagnons de ma classe compte plus que la perte de Papa : une sorte de fierté, de reconnaissance à leur égard, la prise de conscience de l'importance de la situation. Quelque chose se passe.

On avance derrière le corbillard, on entre dans l'église paroissiale, on prend sa place au premier rang ; on écoute des paroles qu'on ne comprend pas. Des grandes personnes défilent et viennent se pencher sur vous ; elles chuchotent et vous embrassent. On voudrait être ailleurs ; par exemple dans la cour de récréation peuplée d'appels, au fond du jardin sous le soleil nu, dans la lumière véhémente. Au moment de la communion, on voit que la classe est toujours là et regarde en passant, l'air gêné. Est-ce qu'un jour on pourra les rejoindre ? Est-ce qu'on n'a pas franchi une barrière, fermé une porte à jamais ? On pressent la gravité du séisme. On est entré dans le temps. Une ligne précise sépare l'avant de l'après.

Les heures glauques

On retourne à l'école ; un cercle invisible isole des autres ; on est entouré d'une gentillesse, d'une patience dont on se passerait bien. À la maison Maman pleure ; elle est à la table mais elle ne mange pas ou elle fait semblant, elle chipote ; elle se prend la tête dans les mains, elle dit : « J'ai mal, mais vous, mangez ! » Alors on grignote pour obéir. On connaît depuis longtemps ses migraines ; maintenant c'est plus sérieux, on le sent.

Ce n'est plus notre maman. Elle porte des vêtements noirs qui l'enlaidissent. On ne rit plus. On parle à voix basse, on n'ose plus crier ni chanter. La mort est tapie dans les coins, elle regarde ; elle guette peut-être. On pense au chien amené à Papa pour « être piqué » : il était vieux et malade, il tournait en rond, inquiet, nez au vent.

Même le corps est désemparé. On dirait qu'il est bridé. L'air manque. On aimait aller jambes nues parmi les hautes herbes humides de rosée ou de pluie ; sentir le frôlement mouillé sur la peau, respirer le parfum acide ; goûter une herbe : pas la pointe coupante, blessante, mais la racine un peu gluante qu'on suce brièvement. Maman pleure ou parle avec des inconnus, des hommes « qui pourraient reprendre la clientèle de votre père », a expliqué un oncle. Moi je suis reléguée, déléguée ; il y a toujours une grande personne qui serine :

– Occupe-toi de ton petit frère et de ta petite sœur.

On préférerait encore qu'elle pose la question idiote des adultes :

– Qu'est-ce que tu feras quand tu seras grande ?

Ce jour-là, je me suis enfuie au fond du pré en surplomb. Accroupie dans l'herbe que personne ne pense plus à faucher, j'épie Maman discutant avec un homme plus jeune que Papa. Je n'entends pas leurs paroles. Je me fais toute petite pour échapper aux remarques.

Lorsque Maman disparaît dans la maison, je me relève, trempée jusqu'à la taille. Je rentre à mon tour, m'attendant aux reproches : « Tu as vu ta jupe ? Demain tu seras malade. » Je vais être punie, c'est certain. Lorsque je rejoins Maman, elle ne remarque rien, ne dit rien. Et c'est plus grave encore.

On dort, on mange, on va à l'école, on rentre, on tâtonne entre les repères qui restent, on trébuche, on voudrait chanter dans le noir. La petite sœur est souvent chez Maria. Maman s'amenuise et pâlit à vue d'œil. Est-ce qu'elle va *disparaître*, elle aussi ? Le vocabulaire est une bombe à retardement, les mots ont changé de face. On n'ose plus les caresser.

Sur le mur, la vigne vierge devenue flamboyante commence à se racornir. On va rarement au fond du jardin qui nous hélait « avant » ; on voudrait se serrer les uns contre les autres, on a peur de s'éloigner de la maison. « Si Maman allait mourir, elle aussi ! » On surveille tout. On n'est plus sûr de rien.

– Où est Papa ?

– Il est au ciel près du Seigneur.

– Est-ce qu'il nous voit ?

– Oui, il vous aime.

– On le reverra un jour ?

– Un jour, oui. Il vous attend.

On peut aller jouer, puisqu'il ne nous oublie pas. Au catéchisme, la sœur parle du repos près du Seigneur. Est-ce que Papa est couché tout le temps ? Était-il si fatigué ? Peut-être que j'étais trop turbulente. *Turbulent*, c'est un mot que Maman utilise quand on fait les fous. La sœur proteste :

– Que vas-tu chercher ! Mais non ! Tu n'es pas responsable de la mort de ton papa. C'est un accident : le conducteur du tram avait bu, il ne l'a pas vu arriver. Toi, tu étais en classe.

Les jours s'étirent. Brouillard de novembre. Bientôt la Saint-Nicolas. Une drôle de Saint-Nicolas. Papa avait tout préparé ; il avait commandé au menuisier le magasin dont j'avais tellement envie. Sur le comptoir il y a des nics-nacs, ces gâteaux secs en forme de lettres qui dessinent mon nom, et des pommes de terre en massepain moelleux, mais tout a un goût de « sans ». Vacillante sur le seuil, Maman n'arrive même pas à sourire. Elle va pleurer dans le couloir. Ça fait peur, terriblement peur, une maman-qui-pleure. Est-ce qu'il n'y aura plus de rires dans la maison ? Plus de cavalcades dans l'escalier ? Plus jamais de : « Bethou est là ? » Plus de grands bras où se couler, se nicher ? La mort prend corps.

Le malaise de plus en plus aigu réveille le souvenir de la première violence dont on a été témoin : lorsque les femmes qui avaient fréquenté les Allemands étaient arrachées au camion de la gendarmerie devant la maison, tondues, injuriées, salies de crachats. Qu'est-ce que je faisais là ? Noyée dans la foule houleuse, haineuse, je ne comprenais pas ce déchaînement soudain ; je questionnais : « Pourquoi ? » sans saisir le sens de la réponse : « Elles ont couché avec les ennemis. » Couché ? Couché ! disait-on au chien. Papa avait été prisonnier des « ennemis », un an, en Allemagne. « Est-ce qu'on veut les tuer ? – Les punir. »

On va à l'école, on fait de son mieux pour être sage, ne pas fatiguer Maman, mais cela ne sert à rien : elle reste étendue presque toute la journée. Est-ce qu'elle nous voit encore à travers ses larmes et ses maux de tête ? La terre ferme semble se dérober ; on cherche des points d'appui. En classe, on ne quitte pas des yeux la maîtresse, on se réjouit des bons points qu'on rapporte même si Maman ne s'y attarde pas. Lit-elle le bulletin, que Papa épluchait ? On est déroutée, mais on continue.

Le déménagement

Alors surgit sa grande sœur, l'aînée des onze, celle qui vit loin avec son mari médecin et ses grands enfants, dont ma marraine. Elle est stupéfaite de découvrir Maman prostrée :

– Bethou ! Tu ne peux pas rester ainsi. Je vous emmène tous.

Maria réagit aussitôt, défendant son bien :

– Si Madame veut, je vais garder la petite quelques jours, elle est habituée à moi ; ce serait trop pour vous.

Maman n'a plus la force de protester. On ne discute pas ; nous voilà embarqués dans une voiture, emportés vers Anseroeul – un nom d'écureuil –, installés dans la maison inconnue. On va à l'école d'Edmée, l'amie institutrice de Marraine ; assise sur ses genoux, contre sa poitrine généreuse, on voit la classe attentive, on apprend à lire à son insu. Entre les cartes de géographie et le tableau noir, on reconnaît quelque chose de l'ancienne vie, on y trouve un réconfort.

Maman ne va pas mieux. Elle exige de plus en plus de soins. Bon-Papa emmène le petit frère et je vais à Kain chez Tante Jeanne. On n'a pas voix au chapitre ; on obéit sans comprendre ; les repères familiers ont vacillé. Comme un trou noir et puant se creuserait sous les pieds. On se noue. On fait ce qu'on peut pour mettre un pied devant l'autre vaillamment. On s'accroche aux voix, aux mains.

À Kain les grandes cousines rient, jouent, entraînent dans leur ronde : comme un souffle d'air vif, allègre. Maman, restée au lit chez sa grande sœur d'Anseroeul, doit être hospitalisée.

Matin de janvier, Tante Jeanne m'éveille :

– Tu vas aller rendre visite à ta maman à la clinique.

Les couloirs sont blancs comme Maman, fondue entre les draps, qui parle à peine, caresse d'une main diaphane. Une image décolorée. Plus rien de commun avec la femme qui courait se jeter dans les bras de Papa ou nous saisissait dans les siens pour nous faire tournoyer. On m'en éloigne :

– Laisse, il ne faut pas la fatiguer.

Je retrouve les grandes cousines si différentes de mes frère et sœur. Je vais en classe avec elles. Mon institutrice s'appelle Mère Marie-Tarcisius : son sourire brille sous la cornette plissée ; elle m'apaise. Je perçois des communications téléphoniques : « Élisabeth ne va pas mieux, au contraire ; on redoute… » Je surprends des larmes, des regards appesantis sur moi.

Un samedi, je vais retrouver mon petit frère à Estaimbourg, il veut Maman, lui qu'on ne voyait jamais sans elle. Pas une photo de lui sans un bout de jupe ou les doigts de Maman, impossible de l'éloigner le temps d'un clic. « Le petit garçon de sa maman. » Mais nous sommes sans prise. Les grandes personnes n'entendent pas nos paroles. Elles écoutent d'autres voix et celles-ci paraissent de plus en plus alarmantes. On a presque oublié la maison de Wavre. Parfois on se demande si une autre famille l'habite. Les hautes herbes, les cabanes reculent dans le souvenir ; est-ce que des enfants s'y cachent ? On est accaparé par les nouvelles maisons qui nous accueillent, qu'on cherche à apprivoiser. D'abord s'y retrouver, amadouer les idées folles.

L'autre mort

Matin du 11 janvier, je commence à enfiler cette robe grise que je hais parce qu'elle me désigne comme orpheline au sein des cinq cents uniformes bleus de l'école. La sonnerie du téléphone. Les pas dans l'escalier, la voix blanche :

– Tu n'iras pas à l'école, tu viens avec nous à la clinique, ta maman…

Nous sommes serrés dans la voiture. Parfois on se retourne vers moi et les larmes montent aux yeux :

– Ta maman est très, très malade.

Cela, je le sais bien. Mais elle va guérir.

– Elle est morte.

La même clinique, le couloir, la chambre.

– Comme elle est jaune !

L'exclamation a jailli à mon insu.

– Elle a eu la jaunisse, une mauvaise jaunisse.

Tante Jeanne me pousse doucement vers le lit :

– Tu peux embrasser ta maman.

Je m'approche de cette statue, de cette gisante, marbre jaune, mains jointes comme celles de Papa. Mais ici c'est l'hôpital, pas la chambre d'amour. L'odeur sans chaleur fait frémir. Envie de courir aux toilettes, de vomir, de fuir. Une incrédulité foncière et cependant j'ai vu, j'ai touché. Maman, vraiment ? Silence dans la voiture. Il n'y a rien à dire. On est écrasée entre les corps des adultes, on dévide le chapelet, *Je vous salue Marie pleine de grâce…*

À nouveau la rumeur, les conversations qui passent au-dessus de la tête. Parfois une parole qui se grave : « Avant de mourir elle a répété plusieurs fois : *J'ai trois petits enfants.* Ce sont ses derniers mots. » Je n'en comprendrai l'intensité que trente ans plus tard, je crois, quand j'aurai cinq enfants. « On l'enterre samedi à Estaimbourg. » *Enterre* comme taire, terre, erre. Les vocables tracent leur chemin aveugle. On sera voué aux mots, on connaîtra leurs visages changeants, leur charge imprévisible. On découvre qu'ils donnent prise sur ce qui se dérobe, accable, terrifie ; qu'ils circulent entre les personnes désemparées, les relient.

Avec les cousines on joue à cache-cache, à la balle au mur, à la marelle ; on écoute la radio, des disques ; on fait les fofolles. On a très chaud et les joues rouges, mais dedans on frissonne. On ne sait plus très bien qui on est, d'où l'on vient ni où l'on va. Quelque chose ou quelqu'un hurle à lèvres serrées. Tante Jeanne dit le rosaire. Elle annonce : *Mystères douloureux. Au nom du Père, du Fils et du Saint-Esprit.* Les mots familiers rassurent.

Le choix

À Estaimbourg, le village de Papa où vivent encore ses parents, l'église est bourrée de monde ; à nouveau, nous les petits nous sommes placés devant, en gris, regardant vers ce cercueil, environnés d'une nuée de compassion. Comme une chape sur nos épaules. Une suite interminable d'inconnus défilent. Les deux bonnes-mamans, la grande et la petite, portent des voiles de crêpe qui dissimulent leurs larmes ; l'unique grand-père a la moustache triste ; il n'est pas très grand, mais se tient droit sous les regards consternés. Certaines personnes lui touchent l'épaule au passage : il répond par un battement de paupières. Nous, on nous embrasse sans rien nous demander. Des inconnus. On sent l'âcre naphtaline des vêtements sombres sortis des garde-robes, la pipe refroidie, l'encens. On voudrait courir, crier de toutes ses forces pour effrayer l'ennemi, se nicher contre un lainage qui sent l'étable, dans des bras soyeux et parfumés. On voudrait. On ne bronche pas.

« Colette, Jean-Paul, Chantal, Papa et Maman vous attendent à la maison au terme de très longues vacances » : cette prière que je relirai quotidiennement figure sur le souvenir mortuaire distribué pendant l'offrande.

Dessus, la photo de Maman, la maman d'avant, lumineuse, Bethou. Où est-elle ? On répond : « Au ciel avec votre papa. »

– Quel malheur !

Sur le porche glacé de l'église, c'est un chœur de tous âges, d'accents différents mais unanimes.

– Quel malheur. Antoine en octobre, Élisabeth en janvier. Et ces trois petits.

La stupéfaction atterrée plane. La grande bonne-maman dit : « Ce n'est pas naturel, si jeunes ! Nous aurions dû partir les premiers. » On dit le *malheur*, pas le mal. Personne ne s'en prend à Dieu ; c'est l'accident, la maladie, la vie. Nous, dans les plis des habits de deuil, coincés entre les corps lourds, caressés, embrassés, désemparés sous tant de souffles inconnus, nous ne perdons pas un mot, pas un signe. On marche dans la forêt la nuit, on espère une lueur. On avance. *En cette Foi, je veux vivre et mourir.*

Le repas a lieu dans un restaurant en facc de l'église ; il fait triste ; autour des tables sont assis les oncles et tantes, les amis. Regards pesants, conciliabules. On est au centre alors qu'on ne pense qu'à s'évader. Quelque part il doit encore y avoir une cabane dans un arbre. C'est janvier, mais on étouffe. Où irons-nous après ? Que décideront-ils ? Et tout à coup les visages rapprochés, penchés sur moi :

– Où veux-tu aller ?

– Je reste avec mes cousines.

– Tu peux vivre chez nous, dit la sœur de Papa qui, n'ayant pas d'enfant, a déjà adopté la petite sœur.

– Non ! intervient une sœur de Maman, si les enfants sont tous de votre côté, nous perdrons le contact avec eux ; ils seront comme des invités, des étrangers.

À nouveau on m'interroge, on me presse :

– Où veux-tu aller ?

Je regarde Jean et Jeanne qui m'ont accueillie, me mêlant à leurs trois filles ; là je suis en territoire connu ; je répète :

– Chez Tante Jeanne avec mes cousines.

C'est tranché. Je ne prends pas conscience que je pourrais rester avec mon frère et ma sœur, garder le trio réuni. Non ! Je cède à la joie qui émane de mes cousines, à la nouveauté de ma situation de cadette après avoir été si lourdement l'aînée (*Laisse ta maman tranquille, elle a tellement de chagrin, occupe-toi de ton petit frère et de ta petite sœur*), celle qui doit veiller sur les petits. Je prends une décision dont j'ignore la portée.

Une autre vie

Le lendemain, je retrouve Saint-André avec mes cousines. L'uniforme bleu ne sera pas encore pour moi. Réenfiler le gris. Être désignée comme la double orpheline, attirer regards émus, apitoyés, admiratifs. Mise à part, à l'écart. Mais la joie sans égale d'apprendre, de découvrir.

Le visage de Mère Marie-Tarcisius, mon institutrice, s'affirme : ce regard rieur et tendre, cette fermeté sans raideur, celle à qui tout raconter en vrac – les détresses brutales et les frottements, les questions, les tensions –, certaine d'être écoutée. Elle si discrète. Quelqu'un à qui dire, se dire sans peur. Une permanence qui incarne l'amour, jour après jour, non pas abstrait mais tangible. Près d'elle Dieu se révèle. L'histoire sainte, le catéchisme sont lettres vivantes. On met des noms sur ce qu'on pressentait, on relie, on communie.

Sept ans, l'âge de raison. Un temps où tout s'inscrit de manière indélébile. Mais il n'y a pas de déterminisme. La mort brutale, redoublée, n'est pas la fin. Seul le poème peut rendre compte de l'ampleur de la perte et du salut :

Elle a menti   elle a perdu

elle apposa les scellés sur l'enfance
confisqua la maison   barra la rue vers l'école
verrouilla la ville ouverte sur les campagnes
                    et leurs fermes opulentes
cadenassa l'avenir

la tyrannique régnant sur les nuques matées

elle éteint les lampes   efface la buée heureuse
d'un linceul elle recouvre
les tables des fêtes   les fauteuils
                    les miroirs brillants
volets brutalement rabattus   elle tire les tentures

épaisseur de l'ombre où se défait la chair du jour
pavillon noir battant sombre sous le ciel changé

reste à enfouir sous les feuilles d'automne
  l'homme jeune arrêté dans sa course
reste à briser la terre de janvier
      à lui confier sa compagne
            au visage du parchemin jauni
            les mains qui caressaient juste

ci-gît   ici finit
      dirait-on

maintenant il faut s'éloigner   se hâter
    petits serrés les uns contre les autres
surtout ne pas se retourner
                sur les hautes herbes du jardin
                    la cabane dans les branches
    la vigne vierge flambera pour d'autres

c'est l'heure de revêtir les habits gris
ils signalent le malheur et   vous désignent

la mort vous a tatoués
elle a tracé autour de vous un cercle magique
                        il fascine attire et repousse
vous venez d'elle la mère noire
et cela se colporte
essayez de donner le change !
vous n'appartenez plus aux bandes insouciantes
                            qui sautent rient
                        s'envolent sous les arbres

dans l'invisible balance
la mort pèsera désormais son poids de réalité
        le divertissement ne vous en contera plus
vous la savez par cœur et par cœur
délivrés aussi de l'angoisse sans nom
            car vous l'avez identifiée   démasquée
la fière la féroce aux gestes sans contredit
                            l'impudente l'intraitable

et pourtant
au ventre des univers fermente le vif secret
qui lui échappe la double et la distance
déjà bouillonnent d'autres vœux
d'intrépides promesses
dénis défis
déjà germent d'allègres pousses

La mort n'aura pas eu le dernier mot

Le for intérieur, Le Dé bleu

Dans sa main

Nous avions sept, quatre et deux ans. Autour de nous régnaient la consternation et l'inquiétude du lendemain, pas la révolte ni l'invective. Dès lors je comprends l'accablement des pèlerins d'Emmaüs – la promesse apparemment fauchée –, mais surtout le passage au-delà des apparences, l'incendie de la bonne nouvelle, la résurrection. Oui, à la manière de la pierre lancée dont les cercles s'élargissent à l'infini, l'épreuve n'en finit pas de résonner.

Tenter d'y voir clair dans cette histoire, comme on tend vers l'unité intérieure. Mais sans la réduire à un seul dénominateur, sans l'aplatir ni lui donner une cohérence artificielle. On n'éclaircira pas tout, mais ce n'est ni un prétexte ni une raison pour ne pas essayer de relire l'enfance, la genèse de sa vie, afin d'en déchiffrer le dessin en filigrane. Cette quête pourrait m'offrir un secours pour autant que je ne m'y arrête pas, car, lorsqu'on a vu et compris, on n'a pas encore pris la route et, lorsqu'on marche, il reste encore à entretenir l'allant ; à garder un centre de gravité sans devenir grave pour autant.

À chacun son chemin et sa demeure. Ni conseil ni tutelle. Rien que l'humilité du voyageur cherchant sa voie en prenant tous les risques, lumière soufflée par le vent de tempête ou sentier baigné de clair de lune ; « en pèlerin et en étranger », invitait Marguerite Yourcenar, reprenant l'expression de la Lettre aux Hébreux : « en voyageur et en étranger ». Une quête qui n'a rien d'égocentrique : en avançant on entraîne quelques autres comme on est soi-même hélé par le pas qui précède.

Lorsque, à sept ans, survient l'épreuve, on n'est pas capable d'analyser les événements ; on incorpore à son insu, on dépliera plus tard. Ceux qui pourraient vous éclairer ont brutalement changé : ils sont devenus lointains, murés dans leur univers à eux, opaques à vos questions. Mais on vit, on va, on aime, pour autant que l'entourage ne contrarie pas cet élan, mais au contraire le stimule, le soutienne.

Être fragile

Il me faudra des années pour mesurer l'impact de cette rupture première ; ce qu'elle a modifié dans ma perception de l'existence, dans la manière de croire et d'espérer. Cette brisure m'a révélé la présence de l'invisible sous le visible ; elle me renvoie à ma stupeur devant les adultes démunis ; elle a aussi provoqué l'affranchissement précoce, bénéfique peut-être, du mythe de leur toute-puissance.

On sous-estime l'impitoyable lucidité des petits, que l'habitude n'a pas encore émoussée ; on ne peut en prévoir l'effet à court terme ni à long terme. Devine-t-on l'importance de la rumeur autour des enfants : ce qui se dit à mi-voix et qu'ils entendent de manière claire ou déformée, de toute façon interprétée ; l'influence des atmosphères qui transpirent même lorsqu'on cherche à leur cacher des situations ? Ce qu'ils entendent chuchoter, dont ils n'appréhendent que des fragments, forme un brouillard dans lequel ils se déplacent en aveugle.

Les enfants créent leur bulle, indifférents au monde des adultes, mais, dans des circonstances exceptionnelles, ils sont happés par leur anxiété, mis en question, désorientés ; ils voient les visages tirés, entendent les sanglots rentrés, ils prennent peur car ils sentent leur propre impuissance. Si les grands sont effrayés, qu'en est-il d'eux, les petits ?

Je ne peux pas en vouloir à tous ces adultes bienveillants de m'avoir transmis leur émotion, leur trouble. Nous savons que ce que nous sommes parle plus fort que ce que nous disons, et nous avons appris que les gens que l'on croit inconscients – les malades dans le coma, les tout petits enfants – ont une appréhension des événements différente de la nôtre, mais réelle et à prendre en compte.

Le désarroi de ma mère s'est gravé en moi. À mon insu, j'ai ressenti l'amour interrompu du jeune couple, la césure, et plus encore peut-être la vulnérabilité des femmes dépourvues de diplôme, de métier. Je me promettais sourdement : « Moi, j'aurai un métier, je gagnerai ma vie. »

Oui, c'est sans doute l'impuissance des adultes qui m'a le plus impressionnée. Eux qui semblaient si forts se révélaient fragiles, désemparés, dépourvus de ce pouvoir sans conteste et sans faille que leur prêtent si volontiers les petits, sans doute pour tenir eux-mêmes, résister à l'intérieur de leur propre faiblesse. Très tôt j'ai pris conscience que les adultes n'étaient pas des dieux. L'autre risque était d'idéaliser les morts, d'en faire des dieux, justement.

Il se peut que cette crise ait suscité une réaction de courage. Qui n'a pas fait l'expérience d'une situation périlleuse dans laquelle la panique manifestée par le groupe déclenchait en lui un calme qui le surprenait lui-même, un esprit de décision particulièrement efficace ? « Puisque tu as peur, je n'ai plus besoin d'avoir peur, je partage l'aventure, nous sommes à armes ou plutôt à faiblesses égales », éprouve-t-on.

Devenir attentif

« Attention ! » L'injonction de prudence, l'avertissement plus ou moins strict invite l'enfant à la vigilance, mais excite aussi l'appréhension, la timidité. Au lieu de devenir plus sage, l'enfant, marqué par l'anxiété des adultes, se fige, manque la marche, trébuche sur le quai. « Fais attention aux autres ! » induit l'arrachement à soi pour respecter le territoire d'autrui. « Fais attention à ce qui t'entoure », c'est : regarde, touche, entends, goûte, respire. Autrement dit : sois présent à ce qui t'environne.

L'éducation aiguise cette sensibilité particulière aux mots sous les mots, aux faux silences. Même si l'accident prédispose à la vigilance et à l'éveil, suscite une hypersensibilité, les proches ont contribué à développer ce qui était sans doute une aptitude latente : non pas l'attention de surface, mais l'attention profonde ; non seulement celle du regard ou de l'oreille, mais de tous les sens, y compris le sixième.

Attention à soi, à ses besoins réels, mais surtout à la vie, aux cris et aux chants, aux appels à l'aide, aux manifestations du monde vaste, attirant, effrayant. L'attention aux visages mais aussi aux paysages, celui du jardin comme celui du train, de ce pays-ci et des au-delà des frontières, terres et nuages, fleuves et rus. N'est-ce pas un chemin vers la vie intérieure, le cœur du cœur où Dieu veille et nous attend ?

La qualité de présence d'éveil est un point de départ dans cette quête jamais aboutie. J'éprouve une reconnaissance infinie à l'égard de ceux et de celles qui m'ont disposée à l'attention.

J'écris dans le jardin face aux arbres du parc voisin, dans lesquels courent et volent les écureuils. L'hiver, je les vois bondir sans effort d'une branche à l'autre et s'aventurer jusque devant ma porte. L'été, je ne peux que les entrevoir furtivement dans l'effervescence des feuilles ; le plus souvent je ne les vois plus, mais je sais qu'ils sont là. Du visible à l'invisible, les échanges se tissent.

Rencontrer l'étrange

De ces mois de contact intime avec la mort demeure le choc, d'autant plus brutal qu'il était imprévu ; mais, plus encore que les questions métaphysiques et les problèmes concrets, me frappe cette étrangeté soudaine qui métamorphose le familier.

Cette brusquerie engendre une inquiétude au sens premier du mot, une mobilité, une incertitude du lendemain ; la conscience perpétuelle de la précarité : d'un instant à l'autre tout peut changer. *Vous aussi, tenez-vous prêts : c'est à l'heure où vous n'y penserez pas que le Fils de l'homme viendra.* La mort imminente ne pourrit pas nécessairement le fruit des heures, simplement elle accroît l'émerveillement de vivre et le désir de ne rien gaspiller. Elle n'est pas un obstacle à la paix intérieure. Ce n'est pas une eau croupie, mais une source jaillissante.

Simultanément s'installe la certitude tout aussi avérée que, même dans ce bouleversement, l'essentiel demeure puisque d'autres parents ont surgi. La stabilité au cœur du désastre, l'amour plus fort que la mort se sont imposés. Je ne m'étonne pas que Jésus puisse dormir dans la barque malmenée par la tempête.

J'avais le souci de garder la tête hors de l'eau, de trouver des repères, un chemin comme Blanche-Neige ou Poucet égarés dans la forêt – qui dira le soutien des contes dans l'univers enfantin ? J'avais confiance en Dieu, dans l'entourage bienveillant. Une sensation de présence constante s'opposait à l'angoisse : nos parents en allés l'un après l'autre sur la pointe des pieds, mais nous trois remis, confiés à d'autres mains, dans Sa main à n'en pas douter.

Le climat ambiant était celui du deuil profond, de la détresse incrédule. Non pas la rébellion ni le blasphème contre Dieu ou le destin, mais une stupéfaction dont on s'arrache en accueillant ceux qui restent, en les aidant à surmonter l'épreuve. Un acquiescement à la réalité. J'ai incorporé à mon insu cette réaction. Non pas « Pourquoi ? » ou « À qui la faute ? », mais « Comment faire ? Comment vivre avec cela ? »

Voir ce qui est

Comment deviner ce qui se joue dans un enfant de sept ans ? À travers l'incompréhensible passent néanmoins des éléments de sens. La mobilisation des forces pare au plus pressé. Les proches ont eu raison de nous laisser voir de nos propres yeux nos parents morts afin de ne pas nourrir le penchant spontané à l'affabulation, mais au contraire de nous permettre d'adhérer au réel.

Dans cette clarté crue et cruelle, il n'y a pas eu de *voile noir* : je ne me suis jamais sentie coupable de la disparition de mes parents et l'ombre d'une velléité en a été aussitôt dissipée ; je n'étais responsable ni de l'accident ni de la maladie. J'ai pu faire mon deuil.

De même, au lieu de se taire par pudeur, délicatesse ou crainte d'aiguiser notre peine, les proches ont eu le bon sens d'entretenir la mémoire. Ils nous ont parlé de nos parents de manière naturelle et soutenue. Aujourd'hui encore, je suis avide de détails les concernant.

Cette permanence a entretenu la conviction que rien ne finit jamais, que ceux qu'on prétend morts vivent silencieusement, mystérieusement. Un roman de Daniel Pennac met en scène une bande d'amis qui tiennent en vie Kamo, l'un des leurs dans le coma, en organisant autour de lui un relais de pensée ; ils auront raison contre toute attente : Kamo resurgira.

Faire face

Le regard rétrospectif risque de gommer les traits noirs, d'amortir les temps durs, d'adoucir les angles, de porter un jugement pacifié, alors qu'en plein drame la vie est ressentie comme difficile, hasardeuse, prodigieusement obscure. La ferveur – tout particulièrement chez les êtres neufs, les enfants qui ont été aimés – ne fait pas l'économie de l'âpreté des jours, des passages à vide, d'un malaise d'autant plus sournois qu'il est innommé.

J'aurais pu devenir « scrupuleuse », dans le sillage de ma « petite » bonne-maman qui se rongeait l'intérieur des joues lorsqu'elle craignait d'avoir touché l'hostie de ses dents et n'avait de cesse d'être rassurée par un confesseur. Heureusement que Mère Marie-Tarcisius m'a invitée à naviguer au large, sans me perdre dans le dédale de ces calculs et de ces paniques.

Comme chaque enfant, je connaissais le trouble lorsque, dans la foule, sur la banquette d'un train, des mains s'égaraient sous la jupe ; je m'agitais pour m'y dérober, quitte à me faire gronder : « Ne bouge pas tout le temps », disait ma mère, distraite. Je sentais rôder des désirs obscurs, victime de manœuvres glauques, dans l'ignorance étonnante des adultes à qui rien n'échappe d'ordinaire. Lorsque j'entends les récits d'actes de pédophilie plus ou moins graves, je me demande comment aider les enfants à se défendre sans piétiner leur innocence. Si l'inconscience expose dangereusement, trop de vigilance rend timoré.

Lors des séjours chez mes grands-parents, j'avais peur, seule, dans la chambre attenante à la leur, avant que leurs pas ne résonnent dans l'escalier, toujours très tard, me semblait-il. Je ressentais l'injustice : pourquoi envoie-t-on les enfants dormir tôt alors que les grandes personnes n'ont pas d'heure ? Là-haut, coupée du reste du monde par la porte qui fermait l'étage, j'avais le loisir de dénombrer les bruits insolites. Je guettais, la gorge serrée : si un voleur, si…

Il y avait aussi la crainte de me fourvoyer dans la grande ville, Bruxelles, le spectre de l'enfant perdue. Si je m'égarais, comment ferais-je ? Je serrais la main de ma mère, je tenais un pan de son manteau. Être perdue, c'est quoi ? Être une « enfant perdue », n'est-ce pas terrible ? Mais il fallait suivre les adultes et surtout ne pas les perdre de vue. Alors comme maintenant, les images des psaumes prennent un relief particulier. *Le Seigneur est mon berger. Rien ne pourrait me manquer.* Version ancienne ou nouvelle :

Il te couvre des ailes
tu t'abrites sous ses ailes

[...]

Tu n'auras plus peur de la nuit
ni des flèches du jour

Ni de la peste qui avance dans le noir
ni du saccage qui attaque en plein midi.

Il arrivait aussi que je me sente attirée par le vertige du vide, un malaise sans contour d'autant plus effrayant, un doute sur la réalité de ce qui entoure. Lorsque j'essayais maladroitement d'en faire part, je suscitais la riposte : « Va jouer dehors. » Peut-être qu'on ne peut pas trop penser, trop réfléchir, mais courir, nager, marcher. Alors déjà j'aimais mon corps comme un petit animal sûr et agile, robuste et adroit. Lorsque j'entends l'angoisse de Baudelaire, Marie Noël, Reverdy, Michaux, Supervielle, je retraverse ces déserts, je sens le vent ravager les terres d'autrui alors même que je suis sortie momentanément de la passe sombre.

J'ai souffert des tensions, des jalousies et des disparités entre les familles paternelles, maternelles et amicales, mais la perception précoce de cet écart entre les styles de vie m'a épargné l'idéalisation outrancière souvent suivie d'un rejet à l'adolescence, en m'inspirant très tôt le sens de la relativité. Il y avait toujours le recours de Mère Marie-Tarcisius, son écoute sans jugement, son regard de paix, son renvoi à ma propre vie sous l'œil de Dieu, dans le creux de Sa main surtout.

S'affranchir

« Orphelins », cette étiquette collée sur notre trio depuis la mort de Papa a produit des effets contrastés : tout d'abord un désir fou de me dérober à la différence, de pouvoir rentrer dans le rang, d'être comme les autres. Les enfants souffrent de ne pas pouvoir s'assimiler au groupe, à la bande : porter les vêtements conformes, recourir au langage du clan.

Ensuite une conscience de soi comme quelqu'un d'« intéressant » : non un effet de vanité, mais une exigence externe qui retentit sur l'être encore informe – Je suis une personne distincte (*Pas un cheveu ne tombera de ta tête sans que...*). Je comptais à la fois comme fille des disparus tant aimés et comme sujet de fierté pour les parents adoptifs.

Enfin, une habitude progressive de me dégager de l'influence des adultes, de me percevoir indépendante par rapport à cette parole sur moi, d'affirmer ma liberté. Un surmoi très fort, dirait-on, avec tous ses dangers. Un idéalisme, un perfectionnisme accablant ? Peu importe. On vit et on compose avec tous les éléments en chantier.

Lorsque je réfléchis au choix des études, du métier, de la maternité, lorsque je ressens cette volonté de ne renoncer à rien, comme les garçons bien que je sois née fille, aussi bien que lorsque j'observe la foi reçue et rechoisie après avoir été nourrie par le terreau natal, j'observe ce triple mouvement complété par le souhait d'en propager la bonne nouvelle : la mort n'a pas eu le dernier mot. Vivre vraiment, et non par procuration.

L'envers de l'anxiété, de cette inquiétude qui nous mord à l'égard de ceux que nous aimons et que nous serions tentés d'empêcher de vivre pour les retenir de mourir, cet envers ne serait-il pas la culture du goût du risque, l'intrépidité, l'audace ? Comme si le réflexe frileux sécrétait son propre antidote. Le refrain « Il ne faut pas fatiguer ta maman » a peut-être accru le désir de vivre, et même de vivre pour trois.

Le goût d'une vie à soi est né d'une nécessité : celle de me protéger des adultes pour ne pas trop souffrir des écarts entre les conduites et les valeurs proposées, de la critique, discrète mais réelle, exercée les uns par rapport aux autres. Alors qu'un enfant « raconte » tout spontanément, j'ai dû me « garder », développer précocement un territoire privé.

La saveur, et pas seulement la défense de cet espace, était propice à l'épanouissement d'une vie intérieure. Autour de moi je voyais la piété réelle des femmes de la famille à la messe quotidienne, l'appétit de lecture de ma grand-mère, le principe de solitude de mon grand-père commençant chaque journée par une heure de réflexion ; je sentais l'importance de ce jardin secret, jalousement protégé contre toute incursion.

« Être à soi-même une présence amie », l'expression d'Anne Philipe m'enchante, non comme un trait narcissique, un plaisir solitaire, mais comme une île, un enclos : être soi sans le regard contraignant d'autrui. Est-ce pour cette raison que je défends les enfants contre des parents soucieux de les « occuper » sans arrêt ? Je crie silencieusement : « Laissez-lui son droit de rêve. » Ils ont les pouces verts pour susciter les fleurs de l'invisible. Comme jadis dans nos équipées à travers les jardins et pâtures d'Estaimbourg, où nous vivions intensément et rêvions nos vies ; même si aujourd'hui, quand je retourne sur place, l'exiguïté des lieux n'offre guère de correspondance avec l'ampleur de nos étés.

En optant pour la maison qui m'avait accueillie dans l'intervalle entre les deux décès et donc en ne partageant pas le quotidien de mes frère et sœur, j'ai accentué la séparation. Est-ce à cause de cet éparpillement que nous reconstituerons sans cesse l'unité : les jours d'été, nichés bien serrés à l'étroit d'une cage à lapins au fond du jardin de nos grands-parents, le courrier régulier, les retrouvailles, les fêtes du cœur ? Sans doute. On restaure, on compense, on invente.

Accueillir l'imprévisible

À partir de la brisure vécue plutôt que niée, on peut lutter contre le mal et la souffrance, on connaît sa précarité et celle d'autrui ; on a expérimenté la fragilité du rempart qui faisait écran à la mort, à la souffrance, mais on trouve d'autres relais. Dieu n'est pas celui qui consent au mal, Il aime à travers tout. *Vers qui irions-nous, Seigneur, Tu as les paroles de Vie ;* cet élan, je l'ai éprouvé dans le désarroi et je le ressens encore comme un cri premier.

Nous avons bénéficié de la générosité et du discernement d'adultes qui ont adopté une double conduite : nous arracher au cocon douloureux et nous inviter à agir au milieu des autres, à entretenir la conscience d'une communion des saints.

La faculté d'adaptation des enfants est infinie pour autant qu'ils se sentent aimés, sollicités, tirés vers le haut. Le goût d'apprendre, le stimulant de l'école m'ont arrachée à la délectation morose. J'ai été relancée vers la vie plutôt qu'enfoncée dans le malheur.

Les questions infinies que se posent les enfants sans oser s'adresser aux adultes tellement (pré)occupés ont fourni l'argument de nombre de mes livres ; elles ont suscité des personnages cherchant obstinément à comprendre ; ils sentent dans leur poitrine le nœud qui m'empêche moi aussi de respirer, que j'ai besoin de défaire.

L'aisance à apprendre convainc que l'intelligence est ouverte à toutes les disciplines et se déploie lorsqu'on ne lui met pas d'obstacles. L'apprentissage et le savoir ont toujours offert leur recours contre les ombres montantes. « Orpheline », j'ai été protégée des actes de malice propres aux enfants, de leur cruauté ; ils ne jalousaient pas mon aisance scolaire mais ils m'épargnaient, considérant sans doute que j'avais eu mon compte d'épreuves.

Je regarde une photo de la petite fille[1] que j'étais, une parmi celles que ma mère avait fait faire chez un photographe renommé pour en illustrer les mois d'un calendrier-cadeau exprimant sa fierté. Une petite fille dans l'innocence. Est-ce tout à fait vrai ? Alors déjà, je connaissais l'anxiété du chien flairant la mort, la peur opaque au milieu d'un conflit entre les grands, le fiel des insinuations malveillantes, la peur de me perdre, des visions atroces comme celles des règlements de comptes à la Libération. Mais je jouais sans deviner le malheur en chemin, encore préservée du choc brutal et irréversible.

L'anxiété précédait-elle la rupture ? A-t-elle été développée par elle ? On ne le saura jamais. On composera avec elle, avec son irruption paralysante dont on apprendra à déjouer les ruses par d'autres ruses. La réflexion qui s'exerce sur les sensations et les sentiments bruts est-elle infléchie par la

1. Voir la couverture.

distance ? Ce que j'en crois savoir intuitivement pourrait être modifié par les récits des autres, ce qu'on m'en a dit. Le temps joue-t-il comme un miroir déformant ? Ce qui compte, c'est ce qu'on fait de ces événements, la valeur ajoutée. L'enfance ne cessera de nous bercer, de nous blesser ; elle nous taraudera et nous instruira. Je vais dans l'existence, habitée, informée par elle, mais non déterminée.

Passer le relais

Le plaisir que j'avais connu en « faisant l'école » par jeu, par correspondance avec mon frère et ma sœur, s'est mué en désir d'exercer un métier analogue. Pour nous la barre était placée haut, est-ce grâce à cela que j'ai une telle confiance dans l'énergie vitale de chaque personne ? J'ose parier sur le meilleur. Faire des enfants et les élever, ou plutôt favoriser leur croissance, s'apparente au fait d'enseigner ; l'un comme l'autre baignent dans la vive clarté d'un amour sans condition.

Les formations complémentaires en ateliers de lecture, écriture, théâtre, comme autant d'incitations à la créativité, à l'invention, au partage, renouvellent l'intérêt personnel, ravivent la passion, multiplient les voies d'accès, participent à ce goût de l'éveil. Alors que tout a tendance à s'abîmer, à se réduire, à se perdre, à tomber hors du souvenir, la transmission opère dans l'autre sens et conspire à maintenir dans la mémoire, à rajeunir, à raviver. On peut donner, communiquer la vie de tant de façons ! Il n'y a pas que la maternité selon le sang. La fécondité est celle de l'esprit autant que celle de la chair.

La page lue ou écrite recelait et recèle toujours un mystère : celui de l'écrivain. L'odeur d'un livre me grise aujourd'hui comme dans l'enfance lorsque je scrutais les pages sans pouvoir les déchiffrer ; je ne peux en voir un sans le toucher, l'ouvrir ; je multiplie les ruses pour connaître le titre de ce que lit l'inconnu devant moi ; j'interpelle inlassablement mes amis : « Que lis-tu de beau en ce moment ? » J'ai toujours eu le désir violent de faire des petits et de faire des livres ; de les laisser libres d'aller leur vie ensuite, sans se retourner.

Comme les enfants nous engendrent à leur tour en nous interrogeant, en nous menant là où nous ne pensions pas aller, en nous communiquant savoir et saveur, ainsi les livres nous portent au-delà de nous-mêmes ; ceux que nous lisons, ceux que nous écrivons.

La poésie occupe une place privilégiée ; dès les premières années, les mots *auburn, césarienne, disparaître, enterre* ont été perçus comme des jouets, des galets à tourner et retourner entre les paumes, ou détenant une puissance inquiétante ; qu'ils soient liés à ma mère, à mon père ou offerts par des inconnus. Mots des grands que je retenais et qui me retenaient. Ceux du poème déploient leurs sens multiples : images, rythmes se relaient au jeu du kaléidoscope pour susciter la musique de l'être. Le poème hante la mémoire et va fleurir sur d'autres lèvres. *Au commencement était le Verbe.*

Vivre en ce monde

Avoir grandi en temps de guerre m'a ébranlée. Mon père avait creusé au fond du jardin une vaste tranchée pour nous accueillir avec le voisinage les nuits de bombardement ; je me souviens des préparatifs minutieux, des réserves de nourriture et des rapts nocturnes : tirés du lit à la hâte pour rejoindre les entassés silencieux. À six ans, on incorpore ces sensations diverses, on se sent partie prenante d'une aventure commune et violente. Comment pourrai-je imaginer de ne pas jouer mon rôle, si modeste soit-il, dans la partie commencée avant nous et qui se poursuivra au-delà de nous ?

Nous cherchons longtemps notre place exacte, notre voix dans l'immense concert, nous tentons de tenir notre note unique et nécessaire. L'éducation que j'ai reçue allait dans la ligne d'un service au cœur d'une cohérence, convergeait vers la confiance en soi, en l'autre, en l'avenir. L'exigence de la parabole des talents s'adressait à moi comme à chacun. Vivre en soi, pris dans le réseau des autres et des relations, tous saisis dans le monde en mouvement. S'aiguisent une conscience de l'actualité en même temps que le souci d'une existence privée. Je ne peux me tenir sur le trottoir alors que la vie court au milieu de la rue.

Mais comment procéder ? Laisser entrer le flot des mauvaises nouvelles par la petite lucarne, c'est s'exposer et exposer les siens à la surinformation, aussi détestable que la non-information, et surtout risquer de recevoir sans analyser, d'être envahi d'aperçus brefs et superficiels qui donnent l'illusion d'un savoir alors qu'ils ne sont qu'un son de cloche.

Comme l'observait Laurence, l'héroïne des *Belles images* de Simone de Beauvoir, s'efforçant de suivre les événements de l'actualité et ouvrant *Le Monde* : « C'est décourageant ; il faudrait n'avoir jamais perdu le fil, sinon on se noie : tout a toujours commencé avant » (Gallimard, 1966, p. 58). Se mettre au courant, c'est s'engager dans un processus lent, malaisé, sans cesse remis en question ; souvent le découragement, l'envie de s'en désintéresser faute de pouvoir maîtriser, guettent.

Rendre grâce

Ce que j'écris, ce que je creuse et réfléchis n'a d'intérêt que comme un témoignage parmi d'autres du passage de Dieu dans nos vies. Dans la nouvelle traduction de la Bible, en relisant l'évangile de saint Jean

Dieu, personne ne l'a jamais vu
mais le Fils unique, Dieu
appuyé contre le cœur du Père,
l'a raconté

je retrouve à la fois le geste de confiance de l'enfance nichée dans les bras aimés et le don de la parole qui permettent de pressentir l'invisible sous le visible. C'est le tableau de Rembrandt *L'enfant prodigue* et le commentaire éclairant qu'en fait Paul Baudiquey[1].

Dans cet itinéraire, ce qui l'emporte, c'est l'expérience faite dès l'origine de la mort et de la résurrection, ce que je vivrai et mettrai en mots, ceux de la foi et de l'espérance, ceux de la résilience, ceux de la pédagogie.

Quelles que soient les formes, toutes partent de l'intime conviction que l'on peut tout

1. *Le retour du prodigue*, Mame, 1998.

perdre mais aussi tout (re)gagner ; elle s'est renouvelée au fil des jours, tant il est vrai que nous avons à commencer chaque matin à neuf.

Je resterai une petite fille effrayée par « l'accident », ce qui surgit brutalement et change la face du jour ; j'essaierai de chanter dans le noir par courage et résolution en cherchant des repères. L'effroi naturel devant le mystère de la vie n'est pas une raison pour demeurer médusé, mais une provocation, un appel à se mettre et se remettre en marche : une résurrection quotidienne. La solitude existentielle n'est pas le contraire de la communion : elles se nourrissent mutuellement.

Quelque chose a été donné, expérimenté, vécu, traversé et permet d'avancer en vie, en tenant la main des autres. *Dans sa main,* oui, dans une vision incarnée de l'amour qui dépasse tout ce que nous pouvons imaginer. Celle qui m'a communiqué cette lumière m'a accompagnée depuis mes sept ans jusque tard dans la vie. Lorsque son âge et son état m'obligeaient à envisager qu'un jour elle ne serait plus là, je pensais que je ne pourrais vivre sans elle, qu'elle m'était aussi nécessaire que le pain ou la lumière.

Jean Sulivan écrit : « Ne craignez pas pour ceux que vous laissez, votre mort en les blessant va les mettre au monde. » Je me suis accrochée à cette conviction, ce matin de décembre – aussi présent que les matins d'octobre et de janvier – où la sonnerie du téléphone a déchiré la quiétude, m'apprenant que la femme qui m'a servi de mère venait de passer sur l'autre rive, en paix, en lucidité, entourée de ses sœurs religieuses. Faudrait-il traverser une fois de plus l'ombre et le désert, avancer à tâtons, faire comme si, poursuivre ? Et cependant elle m'a fait redécouvrir que rien ne finit jamais, que ceux qu'on dit morts ne cessent de vivre en nous.

Il lui a été donné d'accomplir d'un bout à l'autre une existence particulièrement féconde et surprenante. Aveugle et grabataire depuis des années, elle n'en continuait pas moins à aider les visiteurs innombrables qui venaient alimenter leur espérance vacillante à la ferveur de sa flamme.

Mais elle ne pourra plus répondre à mes appels. C'est le premier jour sans cette possibilité du recours direct. Mon corps se rebelle, la migraine sournoise puis virulente s'installe ; égarée, incohérente, je vais d'une pièce à l'autre, cherchant ce que je cherche. Au téléphone, je répète le récit fidèle de ce que je sais et, selon les interlocuteurs, je ressuscite des pans d'intimité avec elle ; j'agis comme un robot ou plutôt comme une humaine bouleversée. Ne pourrait-on laisser les gens tomber au fond de leur deuil, manger seuls leur sac de charbon sans les contraindre à se dissiper, se perdre dans le partage précoce ? C'est vrai, c'est faux, car l'échange de mémoire, de souvenirs brûlants soutient dans la détresse.

Je balance d'un extrême à l'autre, me surprenant à prononcer des mots étrangers qui m'échappent. Tantôt : « De son vivant elle aurait dit », alors qu'elle demeure vivante, qu'à l'évidence il n'y a pas un passé et un présent distincts. Tantôt me trahissant par un lapsus révélateur : « J'irai lundi à ses fiançailles », plutôt qu'à ses funérailles : n'a-t-elle pas couru au-devant de l'époux en un perpétuel Cantique des cantiques ?

Petit à petit me submerge la reconnaissance : quelle grâce d'avoir non seulement croisé cette femme de Dieu dès le départ de mes parents, mais d'avoir joui pendant plus d'un demi-siècle de cet amour qui manifestait sa présence sans jamais s'imposer, d'avoir bénéficié de son discernement hors du commun ; par de simples questions, elle m'aidait à comprendre, à acquiescer au mystère de certains événements. Ne connaissait-elle pas les miens mieux que moi ? Son rire en éclats enfantins et ses expressions résonnent : « faire confiance, aller de l'avant sans essayer de départager le bien du mal, Dieu est plus grand que notre cœur, ne pas s'inquiéter mais confier à Dieu, cultiver folie et gaieté ». Où puisait-elle cette lumière qui éclairait sa route et la nôtre, sinon dans la relation incessante avec ce Dieu qui l'habitait ? Assurer l'héritage, c'est tisser, retisser des liens, favoriser le déploiement d'une mémoire fertile. « Dire à quelqu'un je t'aime c'est dire Toi tu ne mourras pas », écrit si justement Gabriel Marcel.

Naître et renaître

Vivre, avancer, en vie autant qu'en âge, c'est aller doucement non vers sa fin, mais vers un accomplissement pourrait-on dire si le mot ne semblait pas trop vaste ou prétentieux, car, si toute vie est inachevée, branlante, boiteuse, elle tient de l'itinéraire partant du berceau vers le tombeau et l'au-delà de cette mort tellement visible qu'elle masque le reste. *Chaque jour je commence*, oui, je n'en finis pas de commencer.

J'ouvre l'Apocalypse de saint Jean – *Apocalypse,* le mot déjà si mystérieux, magique et chaotique –, la vision proposée que je reprends dans la traduction de mon enfance :

Moi, Jean,
j'ai vu un ciel nouveau et une terre nouvelle,
car le premier ciel et la première terre
avaient disparu,
et il n'y avait plus de mer.

Et ces derniers mots :

Alors celui qui siégeait sur le Trône déclara :
« Voici que je fais toutes choses nouvelles »
(21, 1-5)

qui m'enchantaient au même titre que la parole matinale du prêtre – prononcée « au bas de l'autel » :

Je monterai à l'autel de Dieu.
R/ Du Dieu qui réjouit ma jeunesse.

Dans sa main, dans son amour infini, c'est justement être ici maintenant de ce monde sans en être captif. Oui, la bonté, l'infinie bonté, c'est peut-être ce que je retiens de cette épreuve, de cette expérience d'enfance. Il m'a été donné de rencontrer dès l'aube la mort, sa ruine, et tout aussitôt la puissance de l'amour gratuit, de la pure bonté. Là s'ancre l'élan de la vie, le goût d'être et d'aimer. Avoir reçu un tel amour rend capable de donner à son tour. Une création continue.

L'amour ne finit pas. La confiance de ma mère nous remettant aveuglément – *J'ai trois petits enfants* – avant de se retirer, aussi bien que la façon dont mon père avait préparé notre Saint-Nicolas, celle que nous avons découverte le 6 décembre alors qu'il nous avait quittés le 17 octobre, témoignaient d'un amour attentif, mais ensuite nous avons découvert la même qualité dans les multiples preuves d'amour prodiguées par ceux qui nous ont accueillis.

Très tôt j'ai connu de lieu en lieu ces moments de plénitude qui soutiennent mon existence et qu'on ne peut nommer : l'envahissement d'une joie sans cause, simple et abondante, un repos dans l'amour innommé mais avéré, non pas étroit mais vaste au point de faire éclater les frontières exiguës de la personne s'ils se prolongeaient. Un présent offert à l'improviste, que ce soit dans un autobus, devant le fleuve ou la fenêtre, au point du jour ou au dernier rayon du soleil. Inattendu et miraculeux.

Je mets la dernière main à ce texte dans le TGV du soir. J'aime le train, le travail dans cette immobilité mouvante, le recueillement au milieu des autres. La journée a été solaire ; aux fenêtres filent les champs clairs qui ont engrangé la lumière, comme les pierres exposées au soleil gardent la chaleur ; ils rayonne-

ront longtemps encore, alors même que monteront les ombres. De la même façon, le soleil de l'enfance, fût-il noir, n'en finit pas d'éclairer nos existences, de porter sur elles sa secrète splendeur. Demain il renaîtra, neuf.

Table

Du même auteur

Poésie

La vie à foison, éditions Froissart, 1975, rééd. 1981. Prix Froissart.

D'amour et de cendre, éditions Unimuse, 1977, rééd. Froissart, 1981.

Pénétrance, éditions Unimuse, 1981. Prix Charles Plisnier.

Haute enfance, éditions L'Arbre à Paroles, 1990. Grand Prix de Poésie pour la Jeunesse, ministère de l'Education nationale, de la jeunesse et des Sports, Maison de la Poésie, Paris.

Singulières et plurielles, éditions La Bartavelle, coll. « Parler bas », 1992, rééd. Desclée de Brouwer, coll. « Littérature ouverte », 2002.

Arpents sauvages, éditions Rougerie, 1993.

La criée de laube (rééd. de *Pénétrance, Petite fugue pour funambules* et *Haute enfance),* éditions L'Arbre à Paroles, 1995.

Le for intérieur, éditions Le Dé bleu, 1996, rééd. 1999. Prix Max-Pol Fouchet de la Poésie.

Enfance portative, illustrations de Laurence Forbin, éditions Luce Wilquin, 1997, rééd. Esperluète, 2000, avec des illustrations de Anne-Catherine Van Santen.

Issue des lisières, éditions L'Arbre à Paroles, coll. « Le Buisson ardent », 1998.

Trois suites sans gravité, éditions Rougerie, 1999. Prix de la Ville du Touquet-Paris-Plage.

Chant de feu, illustrations d'Anne Leloup, éditions Tétras-Lyre, 1999.

Palettes, images d'Alain Winance, éditions Esperluète, 1999.

Feux dans la nuit, anthologie poétique 1969-2002, augmentée d'un inédit *Demeure nomade,* éditions La Renaissance du Livre, 2003.

Seuils de Loire, éditions Le Dé Bleu, Centre poétique de Rochefort-sur-Loire, Ecrits des Forges, 2003.

Cinq sizains mobiles, livre d'artiste avec Auck, La Hune Brenner, 2003.

En tous sens, livre d'artiste avec Auck, La Hune Brenner, 2004.

Essai

Suzanne Lilar, éditions Labor, coll. « Un livre, une œuvre », 1992.

Lecture de « La surface de l'eau » d'E. De Keyser, Bruxelles, Labor, coll. « Espace Nord », 1996.

Célébration du quotidien, éditions Desclée de Brouwer, coll. « Littérature ouverte », 1997, 9e édition.

Préface au théâtre de Suzanne Lilar, Académie royale de langue et de littérature françaises, coll. « Poésie-théâtre- roman », 1999.

Les ombres et les jours, éditions Alice, coll. « Noms de dieux », 1999.

Célébration de Noël, Desclée de Brouwer, 2000.

Célébration de la mère, regards sur Marie, en collaboration avec Eliane Gondinet-Wallstein, éditions Albin Michel, coll. « Célébrations », 2000.

Secrète présence, éditions Desclée de Brouwer, coll. « Littérature ouverte », 2001.

Prières glanées, éditions Fidélité, 2003.
La chair du poème, Petite initiation à la vie poétique, Albin Michel, 2004.
Tahar Ben Jelloun, le fou, le sage, écrivain public, La Renaissance du livre, coll. « Midis de la poésie », 2004.

Nouvelles

Contes d'espérance, éditions Desclée de Brouwer, coll. « Littérature ouverte », 1998.
« Battements d'elles » in *Expressions de femmes,* coffret édité par le CER SNCF Nord-Pas-de-Calais et Desclée de Brouwer, 2000, repris dans la coll. « Littérature ouverte », Desclée de Brouwer, 2000, rééd. 2003.
Sans y toucher, La Renaissance du livre, 2004.

Théâtre

Tous locataires, écrit en collaboration avec Françoise Lison-Leroy, éditions La Bartavelle, 1993, rééd. Lansman, coll. « Nocturnes-théâtre », 2002. Texte créé le 27 avril 1993 à la Maison de la Culture de Tournai par le groupe L.
Dix minutes pour écrire, éditions Lansman, 2002. Texte créé le 3 octobre 2002 au théâtre de l'L, à Bruxelles dans le cadre du Festival « Enfin seul ».

4e tirage

Mis en pages par I.N.D. Dole - Brevans
Imprimé par Jouve, 11 bd de Sébastopol - 75002 Paris.
Dépôt légal : Septembre 2005
N° d'éditeur : 2883
pour le compte de Bayard Éditions
N° d'imprimeur : 381674F